操场下100层的学校

天上下黑雨

[韩]崔银玉/著　[韩]帕基纳米/绘　木十九/译

天地出版社 | TIANDI PRESS

正在读这本书的你还在上学吧？

你的学校里一定也有操场可以尽情玩耍吧！

什么？

你说操场太小了？

没关系。

就算操场小得像颗玻璃弹珠，

就算没有好玩的游乐设施，没有绿色的草坪，

也没有任何关系！

只要它可以容纳双脚，能让人蹦跳就足够了！
你是不是想问，这够做什么的？
足够建造"操场下100层的学校"呀！
操场的下面宽阔、深邃到我们无法估量，
而且还非常非常神奇哟！

目 录

反常的尤拉　1

美术课上的风波　11

尤拉的秘密　21

恐怖体验教室　28

记忆深处的故事　45

创意教室欢乐多　59

天上下黑雨 73

怪异的花朵 84

奇怪的房子 93

打败黑雨 104

我才不是人偶呢 114

反常的尤拉

"呀！今天的饭菜看起来好好吃呀！"

杜力一走进食堂，就两眼放光，嘴巴大张，一副垂涎三尺的样子。

"喂，杜力，你口水都要流下来了。还记得吗？你昨天和前天也说了同样的话！"金路没好气地说道。对于这个"吃货"朋友，他感到有些无奈。

"是吗？呵呵……"

杜力挠了挠脑袋，然后伸手指向一个地方。

"快看那里！"

金路顺着杜力手指的方向看去，原来是珉奎。此

刻，珉奎正红着脸滔滔不绝地说着什么，一群男生女生围着他全神贯注地听着。

自从上次从操场下100层的学校回来以后，珉奎再也不是那个"透明的"边缘人了，他变得越来越开朗，也越来越受大家欢迎。他开始主动分享一些有趣的经历。

"他肯定又在跟大家说被困在孤岛冰块里的感受吧？真是不厌其烦呀！"杜力努努嘴说。

"如果你是他,肯定比他说得还多呢!他这样多好呀!"金路说。

"是啊,他能有如此大的转变,我真心替他感到高兴。"杜力说着话题一转,"今天能去操场下100层的学校了吗?我好想去甜甜圈树教室啊,也想去冲浪教室。"

杜力话音还未落,正在排队取餐的同学也开始了激烈的讨论:

"这次会出现什么教室呢?"

"我可太期待了!"

"我想试试变成隐形人,那样肯定会发生很多奇妙的事情!嘻嘻!"

"唉,我想买一样东西,可是妈妈不同意。如果天上能掉下来好多好多的钱就好了!"

"啊,我也这样想过呢。"

排在金路和杜力前面的同学说到这里还击了个掌。

"我周末要参加跆拳道考试,真是紧张得不得了,不知道该怎么办了。要是能成为师父那样的跆拳道高手,该有多好啊。"

"不管怎么样,操场下100层的学校快点建到100层就好了,这样我们每天都能去,再也不用等了。"

"对呀,对呀!"

金路和同学们拍手欢呼着。每当说起操场下100层的学校,同学们都非常兴奋。虽然大家都有点儿担心黑雾会卷土重来,但也都心照不宣地选择了避而不谈。

金路透过食堂的窗户瞟了一眼操场,心里暗暗为彩虹树鼓着劲儿。

金路和杜力刚取完餐，就看见娜娜向他们挥了挥手。于是，两人朝娜娜走过去。

娜娜旁边坐着她的新同桌尤拉。尤拉是班里个子最高的女孩儿，穿着时尚、长相甜美，声音还很好听。听说，她还曾在省电视台的少儿频道当过小主持人呢！因此，她很受同学们欢迎。

尤拉在各个方面都很引人注意，很多同学都羡慕她。

杜力屁股一挨凳子就开始大快朵颐，筷子不停地夹着菜。

娜娜夹了一块火腿放在他的餐盘里，说："杜力，你慢点儿吃，又没有人跟你抢！"

杜力头都没抬，飞快地夹起娜娜给的火腿放进了嘴里。

娜娜问金路："金路，今天你的手机也被没收了吗？"

上次从操场下面回来后，也不知道为什么，老师们开始严格检查大家有没有带手机。

金路让娜娜别担心，说："是的，不过没关系。以后再多拍一点儿视频就行了。"

娜娜吃了一阵儿，把视线转向了尤拉。尤拉拿着筷子只是戳了戳餐盘里的米饭，其他食物好像动都没动过。

娜娜忍不住问道："尤拉，你怎么不吃呀？"

"没什么，就是吃不下去。"

尤拉看到杜力和金路快要清空的餐盘，站起来说："你们慢慢吃，我先回教室了。"

说着，她向厨余垃圾桶走去。

娜娜看着尤拉耷拉着脑袋的样子，有些担心地嘟囔道："她是哪里不舒服吗？"

"尤拉本来就吃得少，你不知道吗？"坐在邻桌的同班同学插话道。

"真的吗？可是她基本没吃什么啊……"

尤拉已走远，娜娜若有所思地看着她离开的背影。

杜力抚摸着胀得圆滚滚的肚子，慢腾腾地走在回教室的路上。

"嗝——好像吃得太多了，肚子快要撑破了。"

"不用担心,等你走到教室估计就消化完了。"

"也对,我的胃可是很厉害的。"

杜力和娜娜你一言我一语地说着话,金路突然又冒出了新话题:"对啦,我跟你们说过昨天更新的漫画内容吗?真是太过瘾了!我简直被吓坏了!"

金路最近迷上了网上新出的恐怖漫画。回想起昨天更新的内容,他现在都觉得非常刺激。

娜娜很不理解地问了一句:"既然这么吓人,你为什么还要看呢?"

金路摆出一副理所当然的表情,说道:"昨天的更新其实……"

"当我没问，我也不好奇！"娜娜立马打断他的话头。

"哎哟，又开始了！"杜力嫌弃地皱起眉头，加快了脚步。

娜娜紧跟着杜力往前冲。

从食堂到主教学楼有一段距离，正是这段距离，让金路又抓到了机会。

"天气这么热，最适合听让人脊背发凉的恐怖故事了。你们让我把故事讲完呀。"

就算娜娜和杜力不想听，金路也坚持要把漫画内容讲出来。

结果，对恐怖漫画毫无兴趣的娜娜和胆子向来很小的杜力在金路绘声绘色的描述中，不得不接收漫画的大致内容。

"……你们知道这时候出来个什么吗？就是……"

金路讲着讲着，突然停了下来。

他看到保安大叔和校长站在配楼后面，气氛好像不太对。不知怎么回事，保安大叔的表情看上去十分僵硬。

"这是怎么回事?"

金路紧紧地盯着保安大叔和校长,可是校长就像感受到了他的视线一样,慢慢扭头看了过来。他的眼神像极了恐怖漫画里坏人的眼神,金路吓得瞬间屏住了呼吸。

美术课上的风波

终于逃脱"魔音"的娜娜和杜力两人,总算落得耳根清净了。他们往前走了一会儿,突然意识到金路没跟上来。

"咦?金路咋回事?突然不讲了,人也没影儿了。"娜娜说。

"是哟,这不是他的风格呀。回去看看吧!"

杜力说着沿原路返了回去,他看见金路刚从洗手间走出来,好像是要把脸上的水抹掉。

"金路,你没事吧?你看到什么了吗?脸都白了!"杜力有些担心地问。

金路说:"没事,就是有点儿热。"

跟在杜力后面的娜娜,听到这话有些惊讶。

"你不是在大太阳下也照样跑来跑去吗?这还是在走廊里呢,哪有那么热?"

"刚刚……"金路停下脚步,欲言又止。

"刚刚怎么了?"娜娜和杜力睁大眼睛,异口同声地问。

金路顿了顿,说:"没事啦,以后再告诉你们。对了,刚刚漫画内容我讲到哪里了?哈,你们知道那个阴森的地方发生了什么吗?"

"呀,金路!你讨厌死啦!"

娜娜和杜力堵住耳朵,摇着头跑回了教室。

金路强撑着笑脸跟着娜娜和杜力。虽然校长那令人胆战心惊的眼神并没有从他脑海里消失,可是他不想让两个伙伴担心,就没有把这件事说出来。

教室里比平时更加吵闹。

"金路!"

时宇和珉奎从同学们中间探出了头,他俩自从知道住在同一个小区后就经常一起玩。虽然金路觉得时

美术课上的风波

宇和珉奎性格截然不同,但他们相处得很愉快。

"今天玩的是什么游戏呀?"金路问。

"海盗游戏!"

"你也快上船吧!"

时宇、珉奎和其他几个同学坐在用椅子拼成的海盗船上,有的高高举起画有骷髅头的纸当海盗旗,有

的拿扫帚当船桨,还有的坐在"船头"假装拿着望远镜……

最近,主题游戏逐渐在同学们中流行起来,大家每天定一个主题一起玩。昨天他们玩了警察抓小偷游戏,前天玩了钓鱼游戏。

"太好啦!"

金路正准备到"海盗船"上去,身后突然传来了班主任的声音:"让你们按小组把课桌摆好,怎么还玩起来了?快回到自己的座位上去!"

在班主任的斥责声中,同学们开始急急忙忙地收拾,到处都是挪动课桌和椅子的噪声,一时间教室里乱成一团。

班主任一副"这下逮到你们了"的表情,非常严肃地看着回到座位上的同学们。

"你们的家庭作业为什么做得这么敷衍?"

"什么作业?"有同学不明所以地问道。

班主任没好气地说:"关于职业理想的作业呀!你们就打算拿这个在家长会上展示吗?"

此时班里变得非常安静,大家都停止了讲话。

班主任看着金路，提高了声音："金路，你的职业理想到底是什么啊？"

"作文里写的都是我的理想啊。不过有一些我还不太确定。原本我准备写200个职业理想的，后来只写了100个，嘿嘿。"

金路一副嘻嘻哈哈的样子，班主任不满地摇了摇头，接着又看向娜娜说道："你要学学娜娜，作文里要写将来为什么想成为医生，医生都需要做哪些工作。作文里面写100个职业理想有什么用？不只是金路，其他同学的作文也要重新写！知道了吗？"

同学们都叹了口气。

得到班主任表扬的娜娜不知为什么看起来情绪也不高，她不开心的样子金路都看在了眼里。

接下来的第五节课是美术课。大家按小组坐好，认真地做起了手工。美术老师抱着胳膊，在金路身边停下了脚步。

"金路，你做的是什么呀？"

"恐龙啊。我们小组决定一起做恐龙。"

"这个泥巴团是恐龙吗？你不能看看书上恐龙的样

子再做吗？"

"我做的比书上画的准确多了，我可见到过真的恐龙。"

"真的恐龙？难道又是在操场底下见到的？"

金路脸上笑嘻嘻的,美术老师眯着眼睛看了他一会儿,摇摇头走开了。

其他小组也自定了主题,有的小组在用牛奶盒搭建城堡,有的小组准备用木块垒一座高塔。

娜娜所在的小组正在做"我理想的家",美术老师朝他们走了过去。只见他们小组的同学正在用纸箱和彩纸装饰各自的家。

有的同学做了带大草坪的房子,有的同学给自己的家装了超大游泳池,还有同学把房间内部装饰得像咖啡馆一样。

他们想象着自己未来的家,都很开心。

尤拉拿着做手工的纸箱,只摆弄了一会儿就停了下来。

美术老师好奇地问尤拉:"姜尤拉同学,你怎么什么都不做呀?"

尤拉好像陷入了沉思,一句话也不说。

美术老师用手敲了敲尤拉的课桌,又叫了一遍她的名字。

尤拉这才大吃一惊,连忙回答道:"啊?我现在……现在就开始……"

这时,美术老师从地上捡起了一个东西。

"这是谁的?"

美术老师手里举着一张照片,照片上面贴了一层保护膜,还用漂亮的贴画做了装饰。

"这是谁的啊?看起来是很重要的照片。后面还写着'我的偶像,我的梦想'。"

杜力叫住了正在捏恐龙的金路:"金路,你不觉得照片里的人好像在哪里见过吗?"

看到照片,金路心里一动,嘴里嘟嘟囔囔:"咦?

那个人不是……"

照片里面的人他们在操场下100层的学校里见到过，在与偶像见面教室里，娜娜见到他后非常激动！

金路瞥了娜娜一眼，刚好看到娜娜坐立不安的样子，于是他立刻举起手说："老师，这张照片是我的。"

美术老师又将这张精心装饰的照片细细打量了一遍，然后惊讶地看向金路："真的？没想到你竟然喜欢音乐剧！"

"音……音乐剧，我真的很喜欢看音乐剧……"

"是吗？我有时候也看音乐剧，你对哪部作品印象比较深刻呢？"

"嗯……"

金路张口结舌，不知道如何作答，正当这时，美术老师突然皱起了眉头，鼻子使劲嗅了嗅。

"这是什么味儿啊？"

同学们都捏着鼻子，用手扇起了风，教室里一片混乱。

"呀！谁放屁了？"

"哎哟!这也太臭了!"

同学们你看看我,我看看你,想找出罪魁祸首。

脸色泛红的杜力也装得像个没事儿人一样说:

"啊!谁……是谁呀?"

尤拉的秘密

"丁零零……丁零零……"

下课铃终于响了,负责操场值日的四(3)班的同学急急忙忙拥出了教室。

下楼的时候,金路拍了拍娜娜的背。

"来,这个给你。"

金路悄悄把从美术老师那里拿到的照片递给了娜娜。实际上,金路根本就叫不出照片上那个演员的名字。

娜娜低声对金路说:"你怎么什么都不问呢?"

"懒得问呗。"金路无所谓地耸了耸肩膀。

娜娜看着金路不以为意的样子，神情放松了下来。她把照片放进衣服口袋里，走路的脚步都轻松了许多。

这时，珉奎来到金路身边问道："你周末打听到什么了吗？"

金路立马反应过来，珉奎是在问金钥匙的事情。这几天，朋友们只要一和金路碰面，就会不自觉地说起金钥匙的事。

金路从口袋里拿出挂着足球挂件的两把钥匙，说道："还没有，挺难的。"

金钥匙在阳光的照耀下显得更加耀眼，珉奎摸了摸钥匙，自言自语道："它好像是能打开什么重要的地方……"

"会不会是那种能打开大宝箱的钥匙呢？"跟珉奎一起过来的时宇说到这儿兴奋了起来。

娜娜和其他几人迷茫地眨了眨眼睛，加入了话题：

"不管怎么说，两把钥匙肯定能打开两个地方的锁吧？"

"也不一定呀，万一又有新的钥匙出现呢？"

"那上面也会写着数字吗？1，0，下面的数字会是什么呢？"

说到这里，大家都陷入了沉思。这时，杜力突然指着操场某处大声嚷嚷起来："你们快看那里！"

有个同学倒在了操场上。

"咦？那不是尤拉吗？"

娜娜最先认出那人是尤拉，她急忙跑过去，其他同学也加快脚步跟了过去。

"尤拉，你没事吧？"娜娜看着虚弱无力的尤拉，

小心地问。

"没事，就是有点儿头晕。"

尤拉靠在娜娜身上，声音低得让人听不清。

"你还能走得动吗？"

尤拉点了点头，娜娜和同学们连忙上前把她扶了起来。大家叽叽喳喳地讨论起来，是先把尤拉送到医院，还是先跟尤拉的父母联系。

"先去校医室吧，老师那边我会去报告的。"娜娜果断地说道。

大家都同意了。

炎炎烈日下，在操场上清扫垃圾的同学一个个累得气喘吁吁，脸蛋儿通红。

有几个同学忍不住抱怨起来：

"这么热的天，还不如打扫教室卫生呢。"

"为什么偏偏今天操场上有这么多垃圾，真烦人！"

……

这时，一个同学看了看校医室的方向，神秘兮兮地说道："你们知道吗？尤拉是吃得太少才晕倒的。"

一石激起千层浪，同学们顿时像炸开了锅一样，你一言我一语地讨论起来。

"真的吗？她都那么瘦了，怎么还不吃东西呢？"

"听说尤拉的爸妈想让她将来当明星，管得特别严呢！吃的、穿的，所有的事情都对她很严格。"

"尤拉还上了很多辅导班，除了学习外，每天还坚持运动，不只学游泳，还学芭蕾舞，她妈妈一天也不让她休息。"

"我妈妈说尤拉的妈妈特别严厉，尤拉只能乖乖听她的。"

大家喋喋不休，议论个没完。

"同学们，老师让大家都回教室去。"娜娜从远处跑过来说。

大家赶忙往教室走。在花坛旁边捡垃圾的金路和杜力，听到娜娜的声音，也一溜烟儿跑了过去。

"娜娜，尤拉怎么样了，没事吧？"杜力急急忙忙地问。

娜娜回答道："医生说，躺一会儿就好了。"

金路和杜力这才松了一口气，点了点头。

　　同学们正在往教室走,时宇望着尘土飞扬的操场发了句牢骚:"今天就这样回家了吗?如果现在能出现彩虹,该多好啊。"

　　听到这话,大家不约而同地叹了口气。

　　金路望着操场中央说:"就是啊,如果现在能看到彩虹就好了,不过今天有点儿晚了——我的天哪!"

　　金路话还没说完就跑了起来,反应快的同学也欢呼着跑了过去。

娜娜看了一眼远处的教室,也转身跟着大家朝操场跑去。

操场中央,一道七色彩虹正静静等着期盼已久的同学们……

恐怖体验教室

随着操场下100层的学校教室越来越多,彩虹、螺旋楼梯、操场下的湖泊也变得越来越大。

金路盯着湖中央的彩虹树观察了很久。

"嗯,枝干变粗了,树叶也比以前更加繁茂了。"

看着长高又长大的彩虹树,金路觉得非常安心,他在心里暗暗发誓:不管发生什么事情,都要守护好彩虹树。

"但愿今天平安无事。"金路悄声祈祷。

远处的娜娜、杜力、时宇和珉奎一直在催他快点儿走。

"金路,你快点儿呀!"

"再不过来,我们就先走啦!"

金路对着彩虹树做了个鬼脸,追赶伙伴们去了。

同学们轻车熟路地穿过湖泊,来到了相互缠绕的三棵树下。旁边的滑梯上写着"直通53层教室",大家争先恐后地坐上滑梯前往教室。

"朋友们,我的屁股没着火吧?"

杜力从世界上最长的滑梯上爬下来,装作屁股着火的样子使劲拍了拍自己的屁股。只可惜他这么绝妙的表演竟无人欣赏,金路和其他同学根本无暇他顾,一窝蜂地朝53层教室门口跑去,杜力也只好连忙跟了上去。

53. 滑翔伞教室

看清53层教室的门牌后,金路欢呼着跳了起来:"我之前就想试试这个来着!"

"我也是!我也是!"时宇跟着金路兴奋地说道。

进入教室后,金路、时宇几人发现自己身处一座高山的山顶，都吓了一大跳。站在山顶眺望，可以看到下面低矮的丘陵、碧绿的田野和清澈的河流。广阔无垠的蓝天上，飘着几顶彩色的滑翔伞，看样子已经有同学玩上了。

"快看！他们自己也能玩滑翔伞呢！"

听到娜娜的话，珉奎迟疑道："我从没玩过滑翔伞，真的能一个人玩吗？"

"你知道这里与现实是不一样的吧？在这里，一切皆有可能！"时宇指了指写着"可随意操控的滑翔伞"的介绍牌说。

看完介绍牌上的内容，大家都迫不及待地想要去尝试一下。他们来到滑翔伞装备处，没一会儿，就穿戴整齐。

紧接着，他们背着大大的伞包，向跳伞的地方冲去，鼓起勇气，一跃而下。

双脚离开地面的瞬间，大家都发出了害怕的尖叫声，但一眨眼的工夫，他们就已经在蔚蓝的天空中翱翔了。

"啊！太厉害了！"金路竖起大拇指，由衷地赞

叹道。

娜娜和时宇也笑出了声,慢悠悠地在天空中翱翔着。杜力和珉奎睁开了紧闭的双眼,小心翼翼地在空中飞翔着。

他们看着脚下徐徐展开的优美风景,心里别提有多激动了。

"操场下100层的学校真的太牛啦!"

"对呀,真是太棒啦!"

金路操控着滑翔伞,乘着风在天空中飞翔,暗暗希望彩虹树也能听到大家说的话。

从53层教室出来,大家还沉浸在翱翔蓝天的兴奋中,吵吵闹闹地说着下次要飞到更高更远的地方。

走在前面的杜力揉了揉自己的肚子,说:"刚刚玩得太兴奋,这会儿肚子有点儿饿了。"

"又饿了?你看看,我就说嘛,你肯定马上就消化

完了。"娜娜瞟了杜力一眼,然后看着54层教室的门牌说,"杜力,这间教室简直是为你量身打造的,可不能不进哟!"

"是什么教室啊?再怎么喜欢也——啊啊啊啊啊!"

杜力看到54层教室的门牌后立刻大叫起来,像风一样跑了起来。

跟在杜力身后的同学,看到门牌后也吃惊地张大了嘴巴。

54. 巨无霸食物教室

54层教室里真的装满了巨大的食物,有汽车那么大的蛋糕、炸鸡、汉堡、饼干和糖果,还有小房子那么大的苹果、葡萄、草莓等各种水果。

放眼望去,同学们正在游泳池那么大的布丁里游泳,在操场那么大的比萨上跑来跑去,在大山一样的冰激凌上滑雪,在草莓味、香蕉味、巧克力味的牛奶

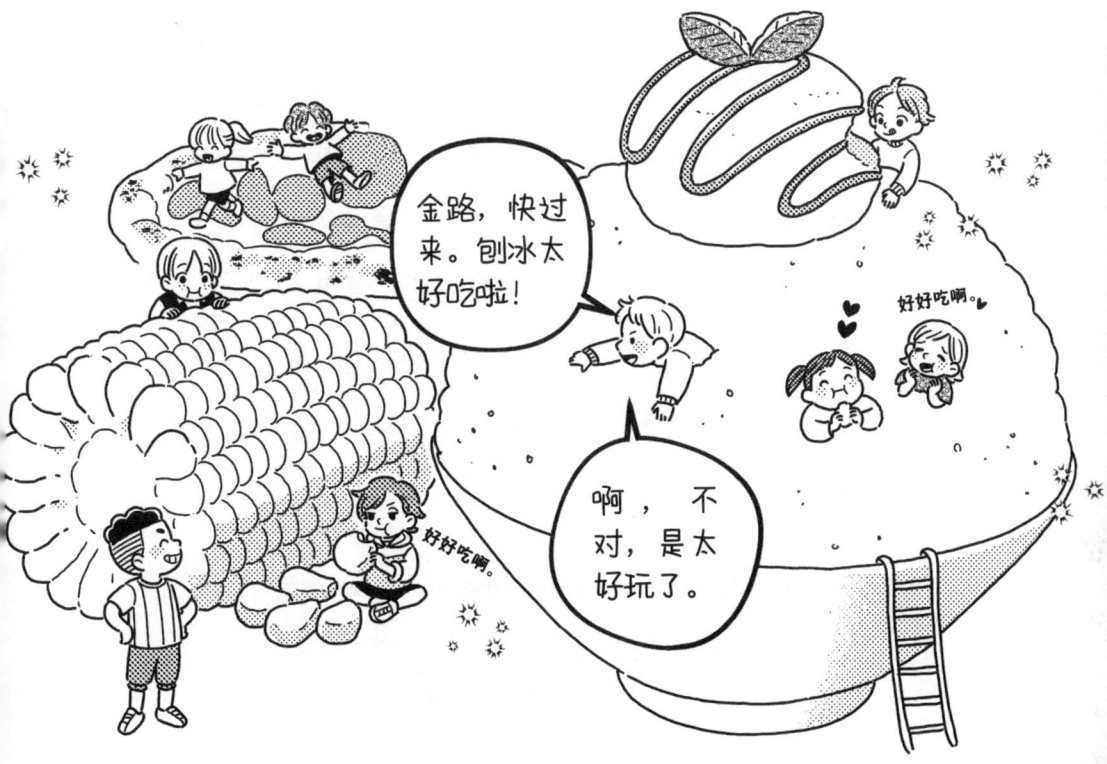

瀑布下玩捉迷藏……

"只有在操场下100层的学校里才可能发生这样的事!"金路感叹道。

"我之前也想象过巨无霸食物,现在亲眼见到了,感觉更特别了。"娜娜说着向热气球那么大的棉花糖跑去。

时宇和珉奎不知道什么时候跑去了别处,他们站在公交车那么大的玉米旁,正在用手掰下西瓜那么大

的玉米粒,好奇地品尝着,看起来非常可爱。

杜力在巨大的雪花刨冰里朝金路挥了挥手:"金路,快过来。刨冰太好吃啦!啊,不对,是太好玩啦!"

看着乐不可支的杜力,金路开心地笑出了声。

从54层教室出来,大家都开心地交流着自己吃了什么、玩了什么。所有人都情不自禁地喊了声:"真是太牛了!"

55. 隐形人教室

55层教室看上去空无一人,但仔细听的话,能捕捉到一些突然发出的声音。

"呀,走开。这是我的位子。你没看见我正坐着吗?"

"啊,对不起,我没看到人。"

"是谁呀?是谁踩了我的脚!"

"走的时候小心一点儿,不要碰到别人好吗?哎呀,是谁碰到我了?"

"那你又是谁?你是金路吧?"

"天哪!"

56. 世界最长吊桥教室

在56层的教室里,看不到底的幽深溪谷中有一座长长的吊桥。这座吊桥实在太高太长了,站在上面稍微动一下就会被吓得瑟瑟发抖。

有些同学只往前走了几步,就害怕地回头了;有些同学甚至连桥都不敢上。

只有金路天不怕、地不怕,开心地跑到桥中间,

疯狂地晃动起吊桥。

"哇,太好玩啦!"金路边摇边大叫道。

"呀,金路!你是在找死吗?"

时宇紧紧抓着吊桥栏杆向金路大吼,刚才在桥头说大话的气魄,早就不知道跑到哪里去了。

57. 无人机教室

同学们都很喜欢57层教室,特别是珉奎。珉奎目

光非常专注地遥控着无人机穿过了障碍物，还给大家展示了高难度的飞行动作。

同学们围在珉奎身边给他欢呼加油，被包围的珉奎有些不好意思，但还是专心地操控着无人机。

"我对无人机很感兴趣，我看过很多关于无人机的视频，也玩过几次呢。"珉奎红着脸说。

"怪不得，看起来很专业呢。"有同学赞赏道，其他同学也赞同地点了点头。

珉奎热心地给第一次玩无人机的同学讲起了操控无人机的方法。

58. 恐怖体验教室

站在58层教室的门口，大家都有些心慌。有些同学死撑着不想进去；有些同学则想赶快进去，一直在催促同伴；还有些同学已经进去体验了一回。

出来的时候，有的同学害怕地呜呜哭起来。

教室的门缝里隐隐透出诡异的亮光，看起来十分恐怖。

娜娜和杜力看到58层教室的门牌以后，躲了起来，金路四处搜寻都没找到他们。

这时，时宇拍了拍金路的肩膀，挑衅道："呀，你这个胆小鬼是害怕了吗？这些都是假的啊，假的！"

金路笑呵呵地对时宇说道："你呀，别吹牛了！你忘了刚刚是谁在吊桥那儿说大话，结果上去后怕得要死了？"

"才不是呢！那还不是因为你晃桥！我要是害怕这个，我就是你弟弟！"

时宇说着大步流星地走进了恐怖体验教室。

"珉奎,你真的不怕吗?"

"当然了,就像时宇说的,这些都是假的,全是人扮演的,没什么可怕的。"

金路和珉奎互相搭着肩膀走进了教室。

没过多久,时宇就尖叫着从教室里跑了出来,仿佛看到了最恐怖的东西,吓得直摇头。

"时宇呀,你进去了吗?真厉害啊!"

杜力不知何时来到了时宇身边,瞪大眼睛夸赞道。

"啊?当……当然了。里面也没什么嘛,一句话就是幼……幼稚！"

时宇说着赶忙将脑门儿上的冷汗擦掉。娜娜刚想问时宇金路和珉奎在哪里，珉奎就匆匆忙忙追了出来。

"时宇，我们很担心你啊，没……"

"珉奎，我们先去下一间教室吧！伙伴们，我们等会儿见！"

时宇拉起珉奎就跑。

这时，金路从教室里出来了，娜娜和杜力把遇见时宇的情形讲给他听，金路捂着肚子哈哈大笑起来："哈哈哈哈，我现在有弟弟了。"

金路看着容光焕发的娜娜和杜力问:"不过,你们刚刚去哪儿了?"

娜娜和杜力没有说话,而是指了指上面。金路立马明白他们俩分别去了云朵床教室和甜甜圈树教室。

"怪不得呢,我一看就知道了。"

娜娜和杜力会心一笑,精神饱满地离开了。

记忆深处的故事

金路、娜娜和杜力站在59层教室门口，面面相觑。

59. 建造理想之家的教室

"该不会是刚刚我们在美术课上做的手工吧？"娜娜歪了歪头，疑惑地问。

大家都想赶紧一探究竟，于是加快脚步走了进去。

教室里就像村庄一样，在又宽又长的道路两旁，坐落着一座又一座房子，有的带草坪，有的带大游泳池，有的房子里的房间数都数不清，有的房子像华丽的城堡，有的房子像宇宙飞船，还有的房子像高高耸立的摩天大楼！

这些房子都来自于孩子们的想象，每座房子都是独一无二的。

"天哪，这些真的是我们在美术课上做的房子。只不过不是用纸箱和彩纸做成的，而是真真正正的房子啊！"娜娜提高嗓门儿，惊喜地说。

"门前还写着这是谁的家呢……"

金路话还没说完,娜娜已经兴奋地向前跑去。

杜力和金路正要分头去找娜娜家,杜力望着拐角处喃喃道:"咦,刚才过去的人是尤拉吗?还是我看错了?"

杜力想到还在校医室的尤拉,摇了摇头。没过多久,杜力就听见金路大声喊道:"在这儿!这里写着'娜娜家'!"

杜力和娜娜闻言飞快地跑了过去。

娜娜站在房子前,一副不可思议的表情,"哇!哇!哇!"地连叫了好几声。

"比我上课时做的房子还要漂亮!"她感叹道。

娜娜推开大门走进去,像过家家一样,说:"咳咳,金路先生、杜力先生,欢迎你们来我家做客!"

"娜娜小姐,谢谢你的款待!"

看着金路和娜娜郑重其事的表演,大家都笑了。

"呃呃呃,浑身都起鸡皮疙瘩了!"杜力用手搓着双臂说。

看了娜娜家,金路和杜力也情不自禁地开始想象自己的家,两人想象着漂亮的房子里拥有的东西,脑子已经忙得不亦乐乎了。

在60层教室,大家开着篝火晚会,彻夜唱歌聊天。

在61层教室,每个人都变成了跆拳道高手,自信地较量着。

在62层教室,好多钱从天而降,想买什么就能买什么。

站在63层教室门口,金路和娜娜愣住了,只有杜

60. 露营篝火教室

61. 跆拳道高手练习教室

62. 自动掉钱的教室

力笑嘻嘻地走了进去。

"这间教室一定要进去吗？"

"就是！一定要进去吗？不过看起来好像也很有趣呢！"

金路说着，伸手把娜娜拉了进去。

63. 放屁教室

这间教室里有个十分宽敞的大讲堂，同学们闹哄哄的，仿佛要召开什么大型会议。

金路指了指讲台上方悬挂着的横幅，有些哭笑不得。

特别的放屁大赛

娜娜读完比赛说明后说："这上面说放屁响声最大、味道最好的人是第一名，还有丰富的奖品呢，在教室里放的屁会自动……"

娜娜说着突然吸了一大口气,接着屏住呼吸紧紧闭上了嘴巴,小脸憋得通红。不过最后,她还是没忍住,放弃了和憋不住的屁作斗争。

伴着教室里的音乐,娜娜小心翼翼地将屁放了出来,没想到这些屁竟然是粉红色的!

"娜娜,你竟然放了有颜色的屁!还有花的香味儿!"

金路见了笑得前仰后合,然后他突然放了个蓝色的屁。

他俩朝四周一看,发现教室里的其他同学都放出了带颜色的屁,五颜六色的。

教室里充满了音乐声和花香。同学们像在玩有趣的游戏一样，非常轻松愉快。

娜娜小脸红扑扑地说："咳，还别说，放完屁后感觉舒服多了！"

从63层教室出来后，大家脸上的表情比进教室前都要轻松许多。

"杜力，我还以为你会得第一名呢！"金路有点儿替杜力惋惜。

"这没什么啊，大家都能像我一样轻松地放屁，我还挺开心的。"

杜力说着突然放了个大响屁，就像摩托车发动时的声音那么响。

金路和娜娜丢下一句"我们先走了啊"，就一溜烟儿地跑了。

64. 大雪纷飞的教室

打开64层教室的门，金路和伙伴们都"啊"地惊呼起来。教室的入口积了厚厚一层雪，教室里的雪都已经堆积得仿佛随时都会发生雪崩似的。

"天哪，这怎么进得去？积雪比我们都要高。"

"那里有个雪洞，还有把小铁锹。"

金路向那个洞走去，杜力也连忙跟上。

本来还在犹豫的娜娜也跟了上去，抱怨道："这种教室到底是谁想象出来的？太无聊了！"

过了不久，上面传来金路的声音："伙伴们，快顺着这个方向上来！"

娜娜和杜力跟着金路往上走，接着就被眼前的一幕惊呆了。

他们来到了白雪皑皑的村庄正中心。你根本想象不到这里雪下得有多大，四周的房屋都被积雪覆盖了，只能看到尖尖的屋顶。在远处的一个屋顶上，一群孩子正向金路他们挥手打招呼。

金路和杜力也向他们招了招手。

娜娜目光迷离，看着眼前的雪景发了好一会儿呆才开口道："我现在知道是谁想象出这间教室的了。小时候我看到过一本故事书，里面讲雪花一片一片落下，

越积越多，最后整个世界都被大雪覆盖了！那时妈妈给我讲这个故事，我特别喜欢……看来它一直在我的记忆深处呢。"

娜娜说着说着眼眶湿润了。金路和杜力守在她身边，静静地看着她。

过了一会儿，金路打破了沉默："要不我们来比赛挖雪吧？看谁能先挖到钟楼那里，怎么样？谁输了脑袋就要挨一记栗暴哟！"

"哼，我才不会输呢！"娜娜自信满满地说。

随着比赛信号的发出，三人都奋力挖起了雪。

过了一会儿，杜力从64层教室里出来了。他刚挨了一记栗暴，正揉着发红的额头，不服气地说："这太不公平了，我挖的洞比你们的都大！"

金路和娜娜装作没听见，笑着大摇大摆地往前走去。

看到65层教室的门牌，大家惊讶地瞪圆了双眼。金路的心里仿佛跳进了一只兔子，怦怦直跳。

65. 与动物聊天教室

金路平时特别喜欢小动物,在那篇与理想有关的作文里,他也写了不少和动物有关的职业理想,这其中就有成为动物交流者,也就是成为能和动物聊天的人!金路还看了很多著名动物交流者的视频。

"娜娜、杜力,你们谁来掐我一下?我想看看我是不是在做梦。"

金路伸出手臂,不管娜娜和杜力怎么用力掐他,他都只是嘻嘻笑着。得到确切答案之后,金路像只小兔子一样,一蹦一跳地进了教室。

65层教室的大草坪上,数不清的动物在悠闲地走来走去。这些动物大部分是家养宠物,不过草坪对面的湖泊和树林里也有不少野生动物。

"和动物怎么聊天呢?"

"动物会像人那样开口讲话吗?"

娜娜和杜力歪着头想着,有个同学正好抱着一只小狗从他们身边经过。

"是吗？现在真的没事了吗？"只见那位同学正盯着小狗的眼睛，跟小狗说话。

"汪！汪！汪！"小狗轻轻叫了几声。

那位同学像听懂了一样继续道："啊，我知道啦，你想和我一起散步对吧？"

他把小狗放在地上，和小狗一起走开了。

"这么看来，用眼神就可以和小动物交流。"娜娜说。

杜力向四周打量了一圈，问道："可是，金路跑到哪里去了？"

这时，娜娜和杜力看到了大树下被动物包围的金路，猫咪、兔子、小浣熊这样的小动物依偎在他身前，长颈鹿、大熊猫这类体形庞大的动物则站在他身后，金路正在与他手上的那只鸟说话。

"杜力，金路看上去真的很开心，是吧？"

"很……很难说吧，金路难道不是每天都很开心吗？"

杜力说得没错，可娜娜总觉得金路现在的样子和

之前不太一样。

"看来，金路真的很喜欢动物……"娜娜在心里想着，脸上露出了微笑。

这时，金路着急忙慌地跑了过来，那心急火燎的样子，好像发生了什么令人震惊的大事。

"娜娜！杜力！出大事了！动物们说……"

创意教室欢乐多

金路、娜娜、杜力彼此交换着眼神,一脸担忧。

"现在怎……怎么办呢?"杜力害怕地问道。

金路和娜娜也不知道怎么办才好。动物们告诉金路,黑雾正在策划一件大坏事,可是现在它们也还没得到确切的情报!

把不准确的消息贸然告诉其他同学只会引来骚乱,显然不是明智之举。所以他们三人才那么担忧。

娜娜艰难地开口问道:"就这样什么都不做,真的行吗?"

"……"

杜力看着沉默的金路,吞吞吐吐地说道:"要……要不然我们先回……"

金路像是知道杜力要说什么,打断了他的话:"不能就这样回到操场上面去,黑雾鬼鬼祟祟的……"

杜力看着金路坚定的眼神,改口道:"当……当然啦,我也正想这么说呢!现……现在不回去的话,我们赶紧去下一间教室吧。"

"杜力说得对,我们先去下一间教室吧,在这里什么都不干也解决不了问题。也许什么事情都不会发生呢？"娜娜宽慰道。

金路这才"扑哧"一声笑出来。

"对不起，我刚刚太严肃了。管他呢，有本事就放马过来！"

金路开着玩笑，晃了晃自己的拳头。

66. 与漫画主人公见面教室

"快看看这个，我就说让你们快点儿来嘛！"

来到66层教室门口，杜力一改之前害怕的神情，发出了欢呼声。

金路和娜娜看到66层教室的门牌也发出了"啊——"的惊呼声。在这里竟然能见到漫画主人公！

大家一边怀疑这到底是不是真的，一边又期待得心脏怦怦直跳。三个伙伴争先恐后地跑上前去打开了教室的门。

"我的天哪！"

他们异口同声地尖叫起来，教室里完全是一番新

天地。所有的东西都和漫画里一样，建筑、树木、人物，都和漫画里的别无二致。金路和伙伴们走进教室的瞬间，也都变成了漫画里的人物。

"伙伴们，快看看我的身体。"杜力瞪大眼睛看着自己，难以置信地这里摸摸、那里碰碰。

金路和娜娜也觉得非常神奇，相互打量着对方。

"哇，我们都变成了漫画人物！"有同学欢呼道。

"这么看，我还挺可爱的嘛。"杜力笑嘻嘻地说道。

金路和娜娜装作没听到杜力的话，欢呼起来：

"啊，那边是我喜欢的足球王子！我先走了。"

"我喜欢的冰雪公主在那边！杜力，我们等会儿见哟！"

金路和娜娜像离弦的箭一样飞快跑开了，杜力看了看四周，有些按捺不住，可是又决定不下来到底去哪里，毕竟他喜欢的漫画人物实在太多了。

"唉，到……到底应该去哪里呢？"

杜力徘徊了好一会儿，终于下定决心要从哪里开始体验了。

过了好一会儿，他们才从66层教室出来，一个个兴奋不已，争着抢着都要讲自己在教室里见到了哪个漫画人物。

"这里的火焰射门可比电视里的帅气多啦！"

"她比漫画里还漂亮呢，说话也很亲切，说我像她的妹妹呢。"

"我真的太喜欢这间教室了。"

三个小伙伴意犹未尽地看着离自己越来越远的66层教室。

在67层教室里，跳马变得很轻松。大家从10层、20层、30层一级级地挑战，非常兴奋。

"现在再看体育课上的5层跳马，简直是小儿科了！"一个同学轻松地越过了50层跳马，跟别人吹牛道。

在68层教室里，同学们的手和腿都变得很长，这真是非常新奇的体验！树上的果子能轻松摘到，一脚能跨出去几米远。大家用橡皮筋一样的长手长脚玩起了足球和篮球，一些同学还挥动着手臂跳起了甩手舞，大家沉浸在欢乐之中。

68. 四肢能像皮筋一样不断延长的教室

在69层教室里，大家什么也不能做，只能静静地待着。既不能和旁边的人说话，也不能看书、玩手机，画画、睡觉也不行，稍微打个盹儿就会被瞬间送

69. 发呆教室

出教室!

　　在这间教室里真的什么也不能做,只能发呆,坐着对着远处的山发呆,或者躺着对着天空发呆。一开始,大家都很不自在,坐在那儿扭来扭去,但过了一会儿,大家就都平静了下来,脸上的神情也变得平和了。

70. 随心所欲穿鞋教室

　　看到70层教室的门牌,金路做了个踢球的动作,说:"我要挑一双最轻便的足球鞋!"

　　"我想试试高跟鞋。"娜娜踮起脚,半开玩笑地走了几步。

　　教室里整整齐齐地陈列着数不清的鞋子。不知道是不是因为这些鞋子太受同学们欢迎,教室里热闹非凡。

　　在这里,运动鞋、皮鞋、凉鞋、拖鞋等常用的鞋就不用提了,连下雨穿的胶鞋都有几百种款式。各种专用运动鞋、带轮子的鞋、限量版球鞋、昂贵的新品鞋都有！

有些同学好像担心别人会抢走他心爱的鞋子，抱着一大堆鞋子往前跑。

金路看了看周围，嘟囔道："可是大家的发型和衣服怎么看起来怪怪的？"

这时，角落里一扇闪闪发光的门打开了，一个男生从里面走了出来。他的发型是当下最流行的，还穿了一身帅气的西服，只不过脚上穿着一双已经变形的平底鞋。

男孩朝四周看了看，开心地去找自己心仪的鞋子了。

娜娜感叹道："这么看，这扇闪光门应该和29层、50层是连着的。可以做我喜欢的发型，挑我喜欢的衣服，还有鞋子了！真是太厉害啦！从头到脚都是我自己做主。真不愧是彩虹树！"

"三个教室是相通的？这是真的吗？"杜力惊讶地问道。

金路看着欢喜的同学们，也吃惊地张大了嘴。

　　在71层教室里，同学们穿着睡衣叽叽喳喳地聊了一个晚上。

　　在72层的教室里，大家笑得眼泪都出来了。

　　在73层教室门口，金路欢喜得直跺脚。金路和同学们像人猿泰山一样在树林里攀着绳子荡来荡去，还和淘气的猴子们一起比赛荡秋千，进行了一次有趣的

71. 睡衣聚会教室

72. 笑个不停的教室

73. 丛林教室

丛林冒险。

74. 世界最大游乐园教室

"哇,这个游乐园也太大了吧!"

一打开74层教室的大门,金路和杜力就惊呼道。

"大家都会想象这样的教室,所以规模才这么大吗?"娜娜机灵地问道。

"不要愣在这里了,我们也快去玩吧!"

金路和伙伴们在游乐园里蹦蹦跳跳、跑来跑去,大家坐了升到高空又瞬间坠落的跳楼机,还坐了轨道弯弯曲曲的过山车,参加了暑期庆典、鲜花节、烟花大会等各种活动。

金路从高速旋转的转转球上下来后说道:"我感觉所有东西都在转圈圈。"

说着他像个陀螺一样在原地转起了圈,娜娜和杜力赶忙扶着他,三个人走得东倒西歪。

"奇怪！这么大的游乐园，怎么没有看见海盗船呢？"金路问道。

有个孩子好像知道原因，加入了他们的谈话。他穿着雨衣、带着水枪，一看就是刚刚参加了夏日泼水节。

"想坐海盗船的话，可以去闪光门那里，推开门就是1层了。"

金路、娜娜、杜力都发出了欢呼声。

"那我们去坐一次海盗船吧？"

"好呀！"

"走！"

三个好朋友在无所不有的游乐园里玩得忘乎所以，都不知道时间过了多久。

天上下黑雨

来到下一层,大家都长长地叹了一口气,金路失望地低下了头。

"唉,75层是最后一间教室了……"

虽然一路上金路没有表现出来,但他一直都在担心小动物们提起的黑雾计划。他真心希望这次操场下100层的学校能全部建好。这样就不会发生帽子先生说的那些差错了,他也不用如此忧心忡忡了。

"别担心,下次能建完100层就行了。"娜娜像是知道金路在想什么,宽慰他道。

抢先跑到教室门口的杜力十分兴奋地尖叫道:"金

路！快过来看这间教室的门牌！"

看到教室门牌的金路瞪大眼睛，说道："呀，真有海盗船？"

75. 乘海盗船航海教室

一进教室，大家就听到了海鸥清脆的鸣叫声，海岸上真的有一艘威风凛凛的海盗船，一面画有骷髅图案的旗子正迎风飘扬。

"金路、娜娜、杜力，快上船呀！马上就要启航啦！"

也不知道珉奎什么时候跑上了船，正在向伙伴们挥手。

刚刚还有点分心的金路立马像发射的火箭一样跟着大家冲上了船。

"起锚！"

随着一声清脆的号令，海盗船开始向大海深处航行。

"哈哈哈哈，珉奎，你还真像个海盗。"杜力看着身穿海盗服的珉奎说道。

珉奎骄傲地挺了挺胸膛，一脸"我就是这么酷"的表情。

杜力看了看自己身上，也惊喜地叫了起来，原来不知道什么时候，他也穿上了海盗服，戴上了海盗头巾。

金路和娜娜看着对方身上的海盗服，哈哈大笑起来。

海盗船上坐满了同学，大家都戴着海盗头巾，佩着长刀，玩得非常开心。

"我们是海盗啦！"

"向着广阔的大海，冲啊！"

清爽的海风扬起了同学们的头发。

"珉奎，珉奎，快来看看我找到了什么！"时宇一阵风似的跑了过来，他一只眼睛戴着黑色眼罩，身上佩带的海盗武器摇摇晃晃的。

时宇看到金路后停了下来，脸上露出窘迫的神情，他刚想转身离开，就被金路叫住了。

76

"哎呀,小老弟,你找到什么了?快给大哥我看看。"

"……"

时宇嘟着嘴走了过来,装作没听懂金路的话,展开了手上的那张纸。

"呵呵,看看这个,好像是一张古老的地图。"

听到"地图"这个词,金路很吃惊。他神秘兮兮地问道:"难道是藏宝地图?"

金路话音未落,海盗船上的同学都兴奋起来。

"我们好像找到了藏宝地图。"

"真的是藏宝地图耶!"

"有宝藏!"

同学们围到地图旁边,有说有笑地讲起宝藏的事,船舱里面一时闹哄哄的。

扬帆的海盗船在蔚蓝色的大海上欢快地航行着……

就在这时,不知道何处吹来的大风把地图卷走了。同学们的目光追随着地图,突然有人指着天空尖叫起来:"是黑云!"

不知什么时候,天空中聚集起了阴沉沉的黑云。海上的风也变得十分猛烈,海盗船开始剧烈地颠簸起来,就像有一只看不见的大手在使劲摇晃船。

"同学们,小心啊!"金路紧紧抓着船的栏杆大声喊道。

在颠簸的船上,好多人大声尖叫着,四处躲避。有些人摔倒了,有些人吓晕了过去,还有些人被挤散了,一时间甲板上乱成一团。

"快看那里！"

听娜娜的声音非常着急，金路和杜力连忙看向娜娜所指的大海。只见不远处的海中升起一根巨粗无比的水柱，和黑色的天空连在了一起。是龙卷风！

看着气势汹汹的龙卷风，许多同学都吓破了胆，恐惧地尖叫起来。

"快抓紧！"

刹那间，像怪物一样的龙卷风就把大家乘坐的海盗船吞噬了。

"啊——啊——啊——"

也不知过了多久，金路费力地睁开了眼睛，模模糊糊地看到已经破损不堪的海盗船。天空中依然笼罩着可怕的黑云。他使劲摇了摇头，让自己更清醒一些。这时，他才看清自己正躺在沙滩上，显然海盗船是被龙卷风吹到了这里，又被使劲摔了下来，才成了这般破烂不堪的样子。

接着，他站起身来向朝他挥手的娜娜和杜力跑去。

"你们没事吧？"

娜娜点了点头，让金路不要担心，杜力好像有些难受，脸都皱了起来。

"怎……怎么回事啊？是……是黑雾搞的鬼吗？"

"好像是的……"

金路看了看四周，表情凝重。

"怎么看不到其他伙伴？连珉奎和时宇也……"

这时，破损的海盗船那边传来了声音。

"金路！"

珉奎搀扶着时宇慢慢走了过来，金路跑过去把时宇的另一只胳膊搭在自己的肩膀上，时宇被断了的桅杆砸伤了腿。他被金路和珉奎搀扶着，一脸感激地说道："谢谢你帮我，不过不要以为这样你就是我大哥了！"

"是吗？"

金路调皮地笑了起来，装作要把时宇的胳膊放下来，时宇果然手足无措地叫道："哎呀，大哥！你可不能这样对待受伤的弟弟！"

在时宇的玩笑下，大家这才有了一点儿笑容。

娜娜看着海岸上的十几个同学，害怕地说："好像

就剩我们了,其他同学去哪儿了呢?"

大家神情凝重,一言不发,不知道要到哪里去找那些被龙卷风卷走的同学,他们十分担心其他人的安危。

此刻,大家就如同被关在没有出口的房间一样,非常迷茫。

"咦？好像下雨了。"

杜力伸出手，雨水一滴滴落在他的掌心。

"这……这是什么？这雨竟然是黑色的！"

杜力本来还觉得很惊奇，但很快就在裤子上擦了擦手，厌恶地说道："这……这雨有种奇怪的味道！"

杜力的话就像信号弹一样，话音刚落天空就下起了滂沱大雨。这雨是黑色的，还散发着难闻的气味！

怪异的花朵

为了避开黑雨,大家拼命朝教室外跑去。

很快他们就发现,即使从75层教室出来了,也没办法躲开黑雨。现在操场下100层的学校到处都在下黑雨。

大家急急忙忙拥进了74层教室,在旋转木马下避雨。

他们无奈地看着游乐园,一个个大眼瞪小眼,不知道怎么办才好。

"怎么办啊?"娜娜既惋惜又难过地说。

黑雨落下的地方都留下了斑斑点点的痕迹,那些痕迹好像存在很久了一样，甚至已经生出了厚厚的锈。现在就算旋转木马倒塌，也不会有人觉得奇怪。这些痕迹还散发着极其难闻的气味，污染着周围的空气。

"这里会不会有鬼啊？"珉奎小声嘟囔道。

时宇接着说了一句："哎哟，这味道像是什么东西腐烂了一样。"

大家看着变得又臭又脏的游乐园，都觉得非常可惜。

"咦？金路去哪里了？"

看着破败不堪的游乐园，娜娜原本就很难过。听了同学们各种丧气的话后，她更加沮丧了，正想问问金路的想法，却发现金路不见了！她焦急地四处扫视，看到金路穿着雨衣跑了过来。只见他面如土灰，也不知道发生了什么事。

"金路，你去哪里了？"

"你没事吧？"

娜娜和杜力赶快跑到金路面前，关心地问道。

金路摇了摇头，把几包雨衣递给他们说："我突然想起来夏日泼水节那里有雨衣，就想去取一些来。我

去的时候路过了闪光门，所以去确认了一下彩虹树的安危……"

"那情况怎么样？我们能出去吗？"听到金路的话，时宇一时忘了自己腿上的伤，猛地站起来问道。结果，疼得他嗷嗷乱叫。

金路的目光垂了下去，他沉重地摇了摇头。

"彩虹树正在干枯……"金路声音颤抖地说。

大家眼前仿佛出现了饱受黑雨摧残的彩虹树的样子，每个人的心里都很难受。

"那你看到其他同学了吗？"珉奎焦急地问。

金路又沉默地摇了摇头，之后小心地开口道："也没看到在其他教室的同学……估计黑雾还有别的手段。"

"别……别的手段？是什么啊？"杜力立马问道。

金路无奈地耸了耸肩，表示自己也不知道。

陷入沉思的娜娜开始自言自语起来："一开始是想给大家洗脑。上次是把珉奎困在了冰块里，想要利用他。这次又会是什么呢？"

"不管怎么样，那些不见了的同学一定不要有事

啊……"珉奎用低沉的声音说道。

金路慢慢地环视着因为黑雨而变得阴森的游乐园。

"看样子它是准备毁掉这里的所有东西……"

就在这时，旋转木马的棚子发出了吱嘎的声音，开始向一边倒去。大家尖叫着四处逃散。

紧接着，旋转木马像受到了暴击一样，轰然倒塌。

"啊呀，差点儿出大事！"大家长吁了一口气。

这不过是开始，已经被黑雨淋透的地板发出了噼里啪啦的声音，接着地板好像再也撑不住了，开始慢慢下陷。

"大家小心啊！"

以旋转木马为中心，地面开始更大范围地破裂。已经无法辨认形状的旋转木马最先消失在了塌陷的地方。

之后，就像是凶猛的怪物在吞噬猎物一样，其他的娱乐设施也一个接一个被吞掉了。

摩天轮和观光缆车倒塌的时候发出了震耳欲聋的声响，同学们吓得发出了尖锐的叫声，拼命跑出了教室。

接着，原本有世界上最大游乐园的教室变成了世界上最大的"黑洞"，深不见底的洞坑张着深渊巨口，散发着恐怖气息。

从74层教室里逃出来的同学你看看我，我看看你，脸上的表情更加沉重了。

"该……该不会，只……只剩下我们几个了吧？"杜力更加结巴了。

剩下的同学里也没看到时宇的身影。灾难发生得太快，大家都着急逃命，根本顾不上别人。

金路、珉奎、娜娜和其他几个同学都觉得十分难过和抱歉，不知如何是好。

"呜呜……现……现在怎么办啊……"杜力一边抽泣一边说。

可是，谁也没法回答这个问题。

"还能怎么办？快去找其他同学啊。"

过了许久，金路才紧握着拳头站了出来。

"对，一定要找到时宇。"珉奎振作起来，附和道。

这时，布满黑云的天空里突然发出了轰隆隆的声音，就像是对他们挑衅一样，十分恐怖。黑雨也像是

一根根棍子一样，愤怒地砸向大地。

"伙伴们，我们先去楼上避避雨吧，也找找看有没有其他同学。"金路边跑边喊道。

73层的丛林教室里也是大雨如注，原本郁郁葱葱的树林已经不见踪影，到处都是腐烂的、歪倒的树和草，剩下的为数不多的植物也正在经历巨大的痛苦。整个丛林都被黑雨浸染了，正在以怪异的样子死去，到处充溢着刺鼻的、令人作呕的味道。

娜娜抬头看着黑云密布的天空说："这里好像也不安全。"

其他人也这样想，可是现在没有能藏身的地方，他们还要找到那些失踪的同学。

他们决定扩大搜寻范围。远远落在后面的杜力停下了脚步，擦了擦额头上的汗。

"咦？其他植物都要死了，怎么这儿的红花还开得更好了呢？"他疑惑地问。

只见那片红得有些发黑的花的花瓣正大大地舒展着，就像一把把雨伞。

走在杜力前面的金路闻声转过头来，也疑惑地问

道:"之前这里有这片花吗?"

看到这片盛开的红花,同学们都聚拢过来。

"真是奇怪,其他的植物都腐烂了,这些花却完好无损,还开得很茂盛!"一个同学说道。

"这花好看是好看,气味却不怎么样,好像和黑雨的味道是一样的。"另一个同学捂着鼻子说。

这时红花的花瓣开始抖动起来,不知怎么的,金路有种不祥的预感。

"伙伴们,还是小心一点儿吧。"

金路话音未落,那些张得大大的花瓣就像是示威一样,瞬间合拢,将离它们最近的人裹住,以迅雷不及掩耳之势钻进了被黑雨浸湿的土地里。

"杜力!"

"伙伴们!"

金路、娜娜和珉奎拼命地跑过去,想拉伙伴们一把,可是原来开着花的地方已经什么都没有了,任何痕迹都没有留下。

奇怪的房子

金路、娜娜和珉奎垂头丧气地挪着步子。同伴在他们眼皮底下消失,这让他们三人惴惴不安。

他们瑟缩着肩膀,步子异常沉重,都不敢相信只剩下他们三人的事实。

尤其是金路,他认为弄丢了杜力、时宇和其他同伴都是自己的错。现在,他既没有信心救回大家,也没有信心救回彩虹树。虽然他嘴上没说,但现在的他,对一切都很恐惧。

"这里也是一样啊,什么都没有。"

"这样下去什么时候才能都找完啊?"

从66层教室出来，娜娜和珉奎疲惫地说。金路没有说话，只是垂着头跟在后面。

金路看到65层的门牌后慌慌张张地跑了进去。他仔细搜寻，发现之前跟他们面对面聊天的动物全都不见了，原本明亮又生机勃勃的教室现在因为黑雨变得死气沉沉。

金路死死地咬住嘴唇，好像马上就要哭出来了。

"真的……太过分了！"

娜娜安静地看着抹眼泪的金路，她非常明白金路有多喜欢这间教室。

"金路，打起精神。我们想办法把它变回原来的样子。"

娜娜说完，举起紧握的拳头给金路打气。珉奎也拍了拍金路的肩膀，跟着娜娜离开了教室。

金路眼泪汪汪地看着荒凉的教室，心里好像也下起了黑雨。他擦擦眼泪正要转身离开，忽然看见有什么东西正穿越黑雨艰难地飞过来。

仔细一看，原来是之前在这间教室里与他说过话的那只小鸟。

奇怪的房子

"啊!"

金路赶紧朝小鸟跑去。小鸟艰难地扇动着翅膀,一点一点地下坠,恰好在金路面前无力地落了下来。

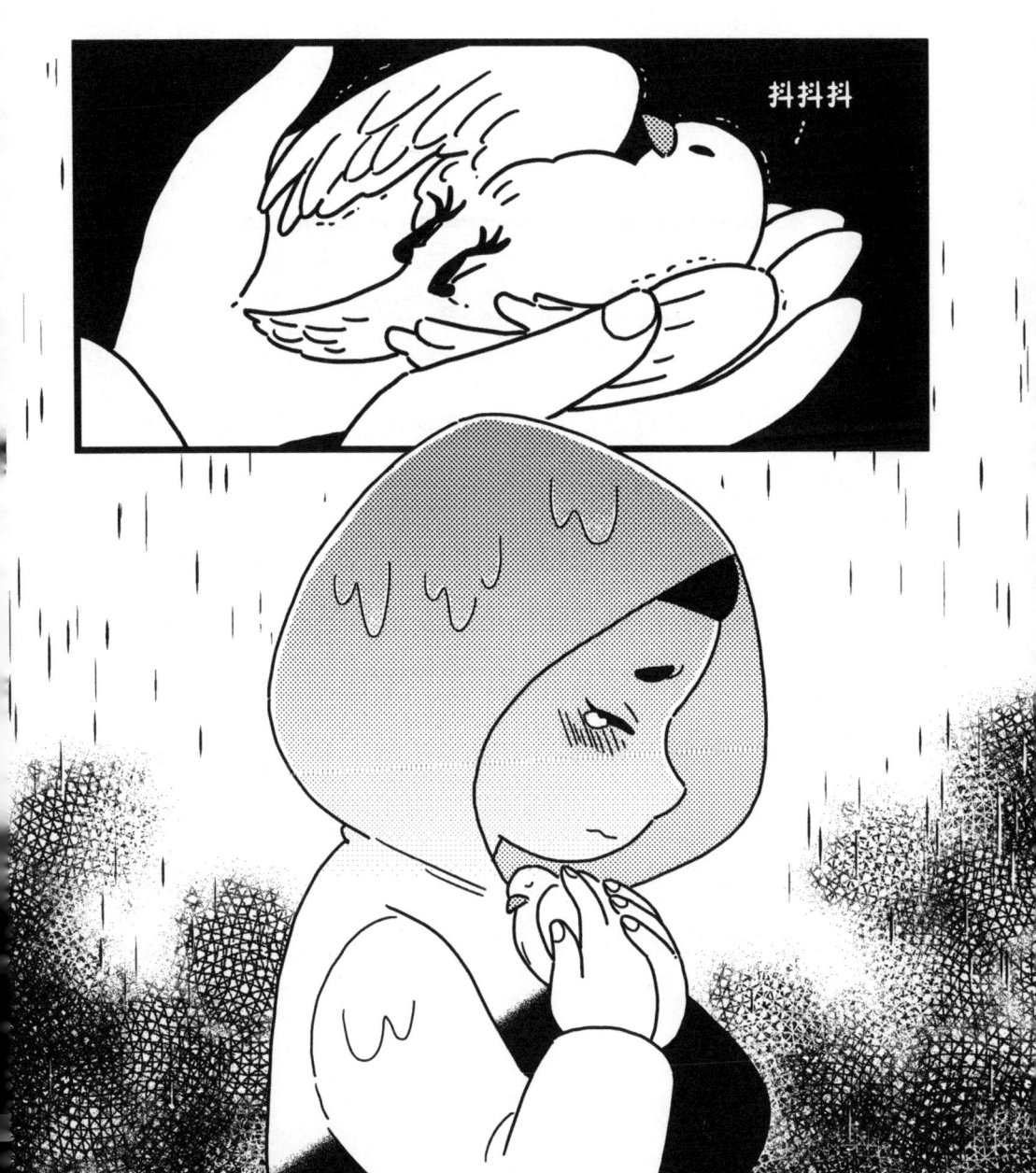

金路捧起小鸟,把它拥进雨衣里。看着被黑雨浸湿得快要死掉的小鸟,金路就像看到了腐朽的彩虹树一样悲痛。

"啊——"金路愤怒地大吼。

这时,小鸟微微转了下脑袋,看着金路说了几句话。金路听完后用力地点了点头……

59. 建造理想之家的教室

来到59层教室门前,娜娜确认道:"小鸟说的就是这儿,没错吧?"

金路点点头。穿越黑雨而来的小鸟临死前告诉金路,59层教室很奇怪,可能发生了很严重的事情,但它也不知道具体是什么。虽然它断断续续说得不太清楚,但似乎提到黑雨好像唤醒了什么,让金路千万小心。

金路攥紧两只手,那上面仿佛还留着小鸟的余温。

珉奎抬头看着59层教室的门牌,怎么也想不出这

奇怪的房子

里能发生什么。

"这间教室里究竟发生了什么呢？"

金路、娜娜和珉奎小心翼翼地推开门。可恶的黑雾已经占据了整间教室。每当电闪雷鸣，天空就好像蜘蛛网一样四分五裂，黑雨倾盆而下，吓得他们都屏住了呼吸，不敢轻易踏进教室。

最终，三人还是看了看彼此，定了定心神，裹紧雨衣，勇敢地迈进了教室。宽阔道路两旁的房屋不再华丽，它们被黑雨侵袭之后变得十分恐怖，让人连看都不想看一眼。房子前院草坪里的草都变黑死掉了，巨大的游泳池里也散发着难闻的气味。

金路担忧地说："这里的房子变得又老又破旧了。"

"是啊，像危房一样。"珉奎皱着眉头补充道。

娜娜看着自己建的房子怒火攻心。之前门牌上明明写着"娜娜家"，现在完全看不出之前的样子了。

金路、娜娜和珉奎小心翼翼地查看了一番，什么特别的东西也没发现。

珉奎有气无力地说："小鸟的消息是不是不对啊？"

"难道不是这儿？"娜娜也很不确定地叹了口气。

奇怪的房子

"娜娜、珉奎,你们看这儿!"

娜娜和珉奎顺着金路的叫声跑了过去。在一座房顶尖尖的小房子面前,金路呆呆地站着。

"怎么啦?"娜娜问。

金路指了指房子前的门牌。

娜娜瞪大了眼睛:"为什么这里不是人名,而是'人偶'呢?之前也是这样吗?"

金路和珉奎摇了摇头,也不明所以。

娜娜观察一番后补充道:"虽然不知道这座房子是谁想象出来的,但他想要的房子似乎很普通。大部分同学都是想要更大、更漂亮的房子呢。"

"进去确认一下吧。"

金路推开大门走了进去。看到屋里凄惨的景象,他一时间忘了要说什么。黑雨像墨水一样顺着墙壁流下来,天花板也开始噼里啪啦往下掉,地上的黑水已经快积成河了。

三人走得更加小心。

金路和珉奎去了客厅和厨房，娜娜决定去其他房间看看。她从卧室出来后进到了一个小房间里，一边仔仔细细地检查，一边自言自语："这到底是谁的房间呢？"

突然，一个没关好的书桌抽屉映入眼帘，好像是谁匆忙放的什么东西卡在了抽屉缝隙中。

娜娜小心地拉开抽屉，把它拿了出来。是一本用一只手就可以握住的小手册。

"是建这座房子的同学的东西吗？"

娜娜正想打开看看，就听到客厅传来珉奎急切的喊声。

"天哪！这不可能！"

娜娜把小手册放进口袋里就赶紧跑去了客厅。珉奎站在一张巨大的桌子旁，脸色煞白。

金路和娜娜走到桌子边一看，那里排列着许许多多只有成人拳头那么大的人偶。不知怎么回事，他们竟然觉得那些人偶有些面熟。

娜娜看着看着，肩膀开始哆嗦起来。

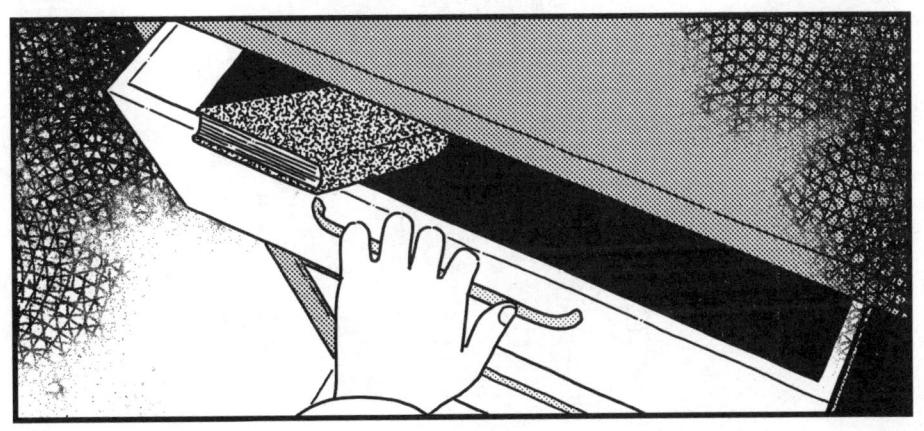

"难……难道……"她声音颤抖得说不下去了。

金路艰难地动了动嘴:"是同学们啊……消失的同学们……杜力……时宇……"

打败黑雨

　　金路、娜娜和珉奎就像被钉在了那儿似的,呆呆地站了很久。他们怎么也没有想到,消失的同学们会变成人偶!

　　金路的视线无法从桌子上的杜力和时宇身上移开,就算他们变成了小小的人偶,他也一眼就能认出来。他们的脸和衣服还是原来的样子,但不管是杜力、时宇,还是其他同学,都像真正的人偶一样没有表情,就像是从工厂流水线上生产出来的一样。

　　金路愤怒到了极点,他握紧拳头大喊道:"我不会放过你的,黑雾!"

珉奎满眼都是心痛，他哽咽道："时宇和其他人都会没事吧？"

"呜呜……杜力怎么办啊？快想想办法啊！"娜娜也手足无措地哭道。

金路站出来说："先把这些人偶带出去吧。"

"那得先有个可以装东西的容器啊。"珉奎打量着周围说。

这时，娜娜竖着耳朵皱起了眉头："你们听到了吗？外面好像有奇怪的声音……"

"我觉得气味好像更难闻了。"珉奎吸了吸鼻子说。

金路歪着脑袋朝窗边走去。

"嗬！"他只朝窗外看了一眼，就立刻捂住嘴巴退到了角落里。

娜娜看到眼睛都快瞪出来的金路，担心地问道："怎么了？"

金路竖起右手食指让他们不要说话，另一只手示意他们赶紧藏起来。娜娜和珉奎对了对眼神，嗅到了不寻常的气息，朝里屋退去。

正在这时,有什么东西从玄关处闯了进来——佝偻的身体、蹒跚的步伐、流着黑水的脸上一对空洞的眼睛瞪着,大张的嘴巴里不时发出阵阵嘶哑的叫声:"吼啊啊啊……吼啊啊……"

"啊——啊——"金路吓得朝娜娜和珉奎所在的房间飞身而入,然后立刻转头把房门锁上了。

娜娜和珉奎不可置信地愣在原地,完全没反应过来。

金路依然惊魂未定,但看着两个伙伴的样子,他强迫自己镇定下来,故作轻松道:"哦,原来是它们这群怪物呀。"

金路话音刚落,怪物就开始"砰砰"地撞击房间的门。看着摇摇欲坠的房门,金路又说:"得快点离开这儿。先把这个挪过来。"

说完,金路就开始推桌子。这时,娜娜和珉奎才回过神,帮起了忙。

金路看了看窗外:"糟糕!它们数量太多,全都在往大门这边拥过来。"

"啊——"娜娜突然尖叫起来,惊恐得快要背过

气去。

只见一只怪物手臂"唰"地冲破门板，紧紧抓住了娜娜的脚腕。

"娜娜！"

金路赶紧跑过去冲着怪物的手臂一顿乱踩，想让怪物放开娜娜。珉奎也随手抄起个东西乱打一通。

好不容易逃脱的娜娜先从窗户翻了出去，珉奎紧随其后，金路正要爬上窗框时，房门就像枯叶一样倒下了，怪物一下子全都拥了进来。

"啊啊啊……"金路跟着娜娜和珉奎没命地逃了起来。

三人实在跑不动了，就躲在附近一座巨大的房子后面，喘得上气不接下气。

金路又想起了小鸟的话，喃喃道："黑雨唤醒的东西……是怪物吧……"

娜娜侧着头问："这里怎么会有怪物呢？也没有怪物教室呀！"

"楼上不就是恐怖体验教室吗？那儿有好多！"珉奎想起娜娜没有进那间教室，解释道。

娜娜瞬间火冒三丈:"到底是谁想象出恐怖体验教室这么不像话的东西啊?"

金路和珉奎咽了咽口水,一副与自己无关的样子。娜娜也知道有很多同学喜欢这间教室,只是因为太伤心了才说出这样的话。

"咦?怪物的行动很奇怪。它们好像察觉到我们了!"珉奎声音都变了。

"怎么办啊?还得救杜力和其他同学呢。"娜娜急得直跺脚。

金路好像想到了什么,眼睛突然一亮:"我看的网

络漫画里……"

娜娜正想质问他这时候为什么还说这个,金路抢先一步说:"那里面也有这种怪物,它们对声音很敏感。据说摆脱它们最好的办法就是……"

娜娜和珉奎跟金路贴得更近了,等着他接下来的话。

"就是赶紧逃跑啊!"

"喂!这算什么好办法啊?"娜娜和珉奎异口同声道。

金路抬头挺胸道:"忘了吗?我可是很会跑的呀。"

金路已经有了主意,向他们如此这般地说明。

"真的没问题吗?"娜娜担心地看着他。

金路自信满满地笑了。

珉奎看了看周围说:"怪物正往这边聚拢过来。"

金路一边朝外面跑去一边高呼:"喂!丑陋的怪物!这儿呢!这里!"

金路引着怪物往教室外跑去。

他上56层教室,飞快地跑上长长的吊桥,冲着尾随其后的怪物大喊:"这里啊!在这里!过来呀,你们这群怪物!"

怪物们像疯了一样挤进吊桥入口。

金路拼命地跑,使得怪物在摇晃的吊桥上一走一颠。由于黑雨的侵袭,这座桥已变得破破烂烂,非常不安全了。

"这桥可得坚持住啊。"

金路的计划是自己先过桥,然后让娜娜和珉奎在入口处把吊桥斩断,等怪物都掉进溪谷后,他们再回去救出变成人偶的同学。

金路不停地奔跑,跑了好久,终于离桥的另一端不远了,他嘻嘻一笑,心想:再坚持一下就行了。

他气喘吁吁,用尽所有力气向前迈着步子。突然,"扑通"一声,他朝前栽了个跟头!

金路的脚卡在了桥面断裂的缝隙里,怎么也拔不出来。怪物正以可怕的速度奔来,它们嘴角露出阴森森的笑容,仿佛随时要扑下来将他撕个粉碎。

金路握着脚腕瑟瑟发抖,娜娜和珉奎离得太远帮不上忙。怪物得意的吼叫声在山谷里回荡。

"吼啊啊啊……吼啊啊……"

离金路最近的一只怪物朝他扑来了。金路绝望地闭上了眼睛……

就在这时，远处传来"当啷当啷"的嘈杂声。与此同时，怪物的吼叫声也突然止住了。

预想的疼痛没有传来，金路悄悄地睁开了眼睛，

看到怪物停下脚步侧着耳朵在寻找声音来源，然后开始跟着那声音移动。金路看向声音传来的地方，在吊桥侧面上空有架无人机，无人机上吊着许多易拉罐，正跳舞一样来回摇晃。

"当啷当啷……当啷当啷……"

金路瞬间知道是谁在操纵无人机了！当啷当啷作响的易拉罐就像在给他加油似的。

这种怪物对声音很敏感，但并不聪明，只见它们追着易拉罐的声音越过栏杆朝前跑去，吊桥开始往一边倾斜。金路终于把腿拔了出来，拼命朝吊桥尽头跑去。

金路刚刚过了桥，那吊桥就因为承受不住倾斜的重量断掉了，怪物一股脑儿掉进了深不见底的溪谷里。

我才不是人偶呢

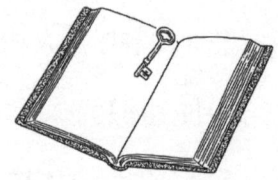

劫后余生的金路,看到珉奎和娜娜,一下子将他们抱住。

"谢谢,谢谢!"

娜娜说多亏了珉奎无人机玩得溜,珉奎说还是娜娜的主意好。

金路搭着两人的肩膀说:"嗯,那么,就当是我的运气好吧。"

娜娜无语地翻了个白眼,但心里其实非常感谢金路冒着危险把怪物引开。珉奎嘿嘿地笑了,心里也是这么认为的。

金路加快脚步,说:"咱们快去解救杜力、时宇和其他同学吧!"

他叮嘱娜娜和珉奎,现在黑雾还没散,一定要更加小心。他的表情严肃而真挚。

回到59层,他们都倒吸了一口凉气。黑雾浓得几乎让人看不清任何东西,甚至分不清哪里是天,哪里是地。

他们三人只得互相搀扶着在黑雾中穿行。

隐隐看到房子的尖顶时，珉奎和金路你一言我一语地说道："为什么这幢房子会变成'人偶之家'，而其他的房子却没有呢？"

"建这房子的同学也变成人偶了吗？"

落在后面的娜娜想到什么，猛地停住了。

"啊，刚才书桌抽屉里的手册！"她急忙在口袋里翻找起来，"说不定上面会写这是谁的东西呢。"

娜娜翻开手册,天色太暗了,看不太清楚,她只能勉强认出上面的一些字。

"没有名字……不是手册,是本日记啊……"

她有些纠结要不要叫住前面的金路和珉奎,但想想日记还是自己看比较好。

娜娜借用随身带的电子手表的光看了日记,她越看脸色越难看,好像完全能理解日记本主人的心情。

"原来这个同学有和我一样的烦恼啊……"娜娜自言自语道。

她翻到日记的最后一页,那里写着今天的日期。

"今天的日记已经写完了?"

娜娜歪着脑袋看起了这篇日记。上面写着:

操场下100层的学校出现了我理想中的房子,让我觉得好惊讶。那房子和我小时候住的地方一模一样,感觉好喜欢……

那时候和爸爸妈妈生活在一起真的很幸福。

……

现在不用每天都带着日记本了。

把它放在这间屋子里，每次来的时候写就行。因为妈妈不会来到这儿。

娜娜一下子屏住了呼吸，因为她也跟日记的主人一样，因为妈妈郁郁寡欢不是一两次了。

今天中午真的很想多吃点儿饭。
大家都吃得好香啊，真的很难忍。
但妈妈说没多久就要试镜了，要更加注意。
她大概也不知道我晕倒的事儿吧？
我只能在校医室悄悄地哭。

"是……是尤拉……"
娜娜的心脏狂跳起来，原来"人偶之家"的主人是尤拉！
"看来尤拉也来操场下面了。"
娜娜想起在刚才的那堆人偶里也有尤拉的身影。
这时，日记最后的文字映入眼帘：

但是,这黑雾是从哪儿来的呢?

为什么总是冲着我小声说话?

但……越听越觉得它说得对。

我真的就像个人偶……

娜娜的心猛地沉了下去,她觉得尤拉现在的处境可能很危险,于是赶紧跑向金路和珉奎并大喊:"金路!珉奎!黑雾把尤拉……"

就在这时,浓浓的黑雾里似乎有巨大的东西在朝他们靠近。"咚!咚!"大地像发生地震了一样咚咚作响,房屋也摇晃起来。

三人惊恐得瞪大了眼睛。黑雾中的大家伙逐渐显出形貌,竟然是个巨型人偶!

"天哪!"

他们吓得心脏都快要跳出来。

"那人偶,是尤拉吗?"金路问。

娜娜难过地点了点头。

巨大的人偶尤拉面无表情,就像提线木偶一样,

身体的几个重要关节部位都被黑色的绳子吊着。从漆黑的天空中垂下来的绳子每动一下，人偶尤拉就跟着动一下。她抬起脚，开始破坏对她来说就像火柴盒那么大的房屋。

"尤拉，不要啊！"

"尤拉，快醒醒！"

三人呼喊着阻止尤拉，但尤拉好像什么都听不见，只是按照黑雾的指令把同学们建造的房屋踩扁、毁坏。

看到那么多的房子瞬间倒塌，他们几人完全不知道该怎么办。咚咚咚，伴随着巨大的脚步声，人偶尤拉来到了尖顶房子前。

虽然她短暂地停顿了一下，但也仅此而已。

"这里不行！"

"快停下！"

金路和珉奎拦在房子前，脸上写满了绝不退缩的坚定。杜力、时宇还有变成人偶的其他同学都在这座房子里啊。

遮天蔽日的黑雾操纵着尤拉，毫不在意金路和珉奎的阻拦。人偶尤拉巨大的脚，眼看就要踩向两人。

娜娜突然冲向前，大喊道："不可以！尤拉！"

人偶尤拉好像看到了什么，顿时停在了那里。娜娜高高举起尤拉的日记本。

人偶尤拉死死地盯着那本日记。

娜娜见状举得更高了，高声呼喊道："是的，尤拉。这是你珍藏的日记本呀！你说过，很高兴这里出现了你想象中的房子。这座尖顶房就是你建造出来的家啊。你不记得了吗？这是你小时候和爸爸妈妈幸福生活在一起的家啊！"

不知为什么，人偶尤拉好像听见了娜娜的话，她一动不动地盯着房子看，眼神有些摇摆不定。

这时，黑雾开始粗暴地拉扯绳子，人偶尤拉的表情非常痛苦，不知道是不是因为她的行动已经不由自

己的心控制。

娜娜趁着这个空当，继续大喊道："尤拉，我有话对你说。"

娜娜平复了一下呼吸，像是下定决心似的，从口袋里掏出一张照片。

"当医生不是我的梦想，那是我妈妈的梦想。我有自己想做的事情，那就是当一名音乐剧演员！我想在舞台上唱歌跳舞。看到音乐剧的时候，我的心就会跳得特别快。但是我怕妈妈不喜欢……怕妈妈会失望……就从来没有说过，但现在我一定要说出来……"

娜娜紧紧闭上了泪眼蒙眬的双眼，金路和珉奎走上前去，像是在给娜娜打气。

不知何时，人偶尤拉的眼眶里也噙满了泪水，她嚅动着嘴巴好像要说话。

"我……我……"人偶尤拉艰难地张开嘴，"我穿妈妈让我穿的衣服，吃妈妈让我吃的东西，做妈妈让我做的事……就是个……人偶啊……"

"不是的！不是的！不是的！"娜娜使劲地摇头道。

"妈妈喜欢人偶一样的尤拉……不关心真的尤拉……"人偶尤拉泪流满面。

娜娜也在擦脸上的泪水,她非常理解尤拉现在的心情,于是奋力喊道:"我想起来刚才去大雪纷飞的教室时忘记的事情了。那就是我的妈妈有多么爱我……所以我才决定鼓起勇气说出自己的梦想。尤拉,如果你妈妈知道你的想法,也一定会理解你的……"

娜娜更大声地继续说道:"还有……真正重要的不是别的,而是自己的心啊……你也要接受自己的心……"

娜娜说完呜呜哭起来。人偶尤拉也在呜咽。

这时黑雾发了狠,呼啸着朝金路他们奔涌而来。三个好朋友即便已经东倒西歪了,还是紧紧地握住彼此的手,大喊道:

"尤拉,你才不是人偶呢!"

"是的,你是尤拉啊!"

"尤拉,加油!"

黑雾残暴地拉拽吊着人偶尤拉的绳子。人偶尤拉脸上满是痛苦,她巨大的脚刚要落到金路他们头上,

她哭着大吼道:"够了!够了!我……才不是人偶呢!我是尤拉!姜——尤——拉!"

那声音在教室里回荡着。与此同时,人偶尤拉身上的绳子噼里啪啦地断了,身体迅速缩小。不知不觉,黑雾也渐渐散去。

娜娜立刻奔向尤拉,两人流着眼泪抱作一团。

"娜娜,谢谢你!"

"尤拉!"金路指着尖顶房子喊道,"门牌变了!"

刚好这时,失踪的同学们从尤拉家的玄关拥了

出来。

"金路!娜娜!"

"朋友们哪!"

杜力、时宇和变成人偶的所有同学都开心地紧紧拥抱在一起,他们的笑声和欢呼声中闪烁起绚丽的彩虹光,那光芒瞬间向四周蔓延。

同学们呆呆地看着这美丽绚烂的景象。教室转眼间恢复成原来的样子了。

金路开心地笑道:"现在应该也不用担心彩虹

树了。"

同学们回到操场后赶紧奔向教室,耳边还不时响起老师催促他们快进教室的声音。

金路边跑边说:"我打算再也看恐怖漫画了,现在我连'怪物'的'怪'字都不想再看见了。"

朋友们跟在他身后哈哈大笑起来。

"尤拉,这个给你。"

娜娜把尤拉的日记本还给了她,还为刚才看了她的日记道歉。

"那……要道歉的话就请我吃好吃的吧。咱们俩既然是同桌,要不尽情地吃一次冰激凌吧?"

尤拉调皮的回答让娜娜笑得很开心。

"咦?这是什么啊?"

尤拉打开日记本拿出了一样东西。

娜娜瞪大了眼睛,日记本里竟然夹了一把金色的钥匙,但刚才她看的时候还没有呢。

"娜娜,这是你的钥匙吗?"

"不是我的,但我知道它。"

娜娜叫来了金路和其他几个伙伴。

"哦？金……金钥匙！"杜力满脸开心。

时宇上来就问钥匙上面的数字是什么。

"是2吗？0？1？还是什么？"

娜娜这才仔细观察起那把钥匙。

"写的是'1'。"

他们纷纷发出"啊"的感慨声。

金路掏出口袋里的两把金钥匙说："现在有两把写着'1'，一把写着'0'的钥匙了。"

尤拉把钥匙给了金路，觉得还是让他拿着比较好。

金路点点头，把尤拉给的这把钥匙也挂在了钥匙圈上。三把金钥匙碰撞在一起，发出丁零当啷的神秘响声。

与此同时，学校主楼的窗前有人对金路虎视眈眈，更准确地说，是死死地盯着金路手里的三把金钥匙。

那人扯了扯嘴角，无声地笑了，令人毛骨悚然的笑容里渐渐渗出了黑雾……

图书在版编目（CIP）数据

天上下黑雨 /（韩）崔银玉著；（韩）帕基纳米绘；木十九译. — 成都：天地出版社，2023.1
（操场下100层的学校）
ISBN 978-7-5455-7255-1

Ⅰ.①天… Ⅱ.①崔… ②帕… ③木… Ⅲ.①幻想小说—韩国—现代 Ⅳ.①I312.645

中国版本图书馆CIP数据核字（2022）第175716号

<운동장 아래 100층 학교 3 操场下100的层学校3> -인형의 일기장
Text Copyright 2021 © by 崔银玉 Choi eun ok
Illustration Copyright 2021 © by 帕基纳米 Pakinami
All rights reserved.
Simple Chinese copyright © 2023 by BEIJING HUAXIA WINSHARE BOOKS CO.,LTD
Simple Chinese language edition arranged with Gimm-Young Publishers, Inc.
through韩国连亚国际文化传播公司(yeona1230@naver.com)

著作权登记号　图进字：21-2022-314

TIANSHANG XIA HEI YU
天上下黑雨

出 品 人	杨　政	责任编辑	罗　艳　李婷婷
总 策 划	陈　德　戴迪玲	责任校对	卢　霞
作　　者	［韩］崔银玉	美术设计	周才琳
绘　　者	［韩］帕基纳米	营销编辑	陈　忠　魏　武
译　　者	木十九	责任印制	刘　元　葛红梅
策划编辑	李婷婷		

出版发行	天地出版社
	（成都市锦江区三色路238号　邮政编码：610023）
	（北京市方庄芳群园3区3号　邮政编码：100078）
网　　址	http://www.tiandiph.com
电子邮箱	tianditg@163.com
总 经 销	新华文轩出版传媒股份有限公司

印　　刷	北京中科印刷有限公司
版　　次	2023年1月第1版
印　　次	2023年1月第1次印刷
开　　本	710mm×1000mm 1/16
印　　张	8.5
字　　数	80千字
定　　价	26.80元
书　　号	ISBN 978-7-5455-7255-1

版权所有◆违者必究
咨询电话：（028）86361282（总编室）
购书热线：（010）67693207（市场部）

如有印装错误，请与本社联系调换。